청어詩人選 261

아내의 詩集

이남섭 시집

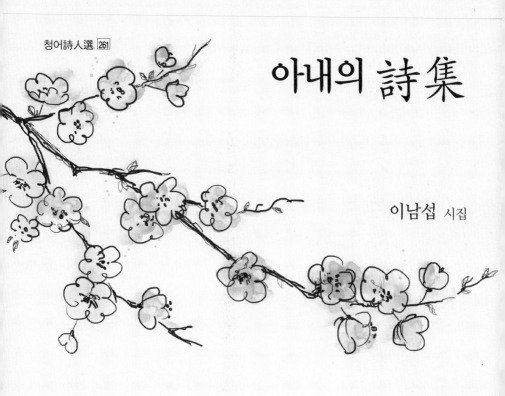

겨울나무 끝 울리는
깊은 산사의 범종소리
깊은 시름 출렁이는
물결이 됩니다

청어

아내의 시집(詩集)

이남섭 지음

발 행 처 · 도서출판 청어
발 행 인 · 이영철
영   업 · 이동호
홍   보 · 천성래
기   획 · 남기환
편   집 · 방세화
디 자 인 · 이수빈 | 김영은
제작이사 · 공병한
인   쇄 · 두리터

등   록 · 1999년 5월 3일
(제321-3210000251001999000063호)

1판 1쇄 발행 · 2020년 10월 30일

주소 · 서울특별시 서초구 남부순환로 364길 8-15 동일빌딩 2층
대표전화 · 02-586-0477
팩시밀리 · 0303-0942-0478

홈페이지 · www.chungeobook.com
E-mail · ppi20@hanmail.net
ISBN · 979-11-5860-903-0(03810)

이 도서의 국립중앙도서관 출판시도서목록(CIP)은 서지정보유통지원시스템 홈페이지
(http://seoji.nl.go.kr)와 국가자료공동목록시스템(http://www.nl.go.kr/kolisnet)
에서 이용하실 수 있습니다.(CIP제어번호: CIP2020032737)

이 책은 전남문화관광재단에서 출판비 일부를 지원 받았습니다.

아내의 詩集

이남섭 시집

추천사

윤제림(시인)

　어느 문중의 단정한 문집을 마주한 느낌이 꼭 이럴 것입니다. 시편마다 글쓴이의 그림자가 어른거리고, 행간에는 누대를 이어온 살림살이의 실경(實景)이 보입니다. '한사코 깊이 감추'라 이르신 조부의 가르침 덕일까요. 이 시집은 나그네의 비망록처럼 담백하고, 딸에게 보내는 편지처럼 온유합니다. 시인은 모름지기, 공연히 '분주하'지 않고 뜻 없이 '경쟁하'지 않는 존재여야 함을 믿어온 증거일 것입니다.

　이남섭 시인은 보고 듣고 겪은 일들 가운데서, 짜고 맵고 향기로운 대목들만 골라 옮겨도 시가 되는 이치를 일찍이 터득한 모양입니다. 찧고 까부르지 않아도, 밥과 술이 되는 정신의 나락을 어렵지 않게 찾아냅니다. 아직도 '가슴에 바늘 하나'로 '온몸을' 돌리는 '어머니의 재봉틀'로부터 배웠을까요. 눈대중의 마름질, 정직한 바느질의 미덕을 시에 가져다 씁니다. 품값 이름값은 아예 따지지도 않을 것입니다.

강산과 사람이 두루 아름답고, 자연과 인간의 소리 모두 음악이 되는 '보성' 물건에 보태고 뺄 것이 무엇이 있겠습니까. 짓고 꾸밀 일이 없으니 '술이부작(述而不作)!' 이 시집의 압권은, 신산한 삶의 역사인 '35권의 가계부'를 '아내의 시집'이라고 읽어낸 대목입니다. 펜을 들기 전에 이미 시로 존재하는 것들을 호명할 줄 아는 사람이야말로 천상의 시인인 까닭입니다. 그런 시인이니 찻잔 속에서 '부처'를 보고, '좋은 시는 차향이 난다'는 다담(茶談)도 무심히 내려놓는 것이겠지요.

시인의 말

"세상을 살면서 분주하거나 경쟁하지 말고 한사코 깊이 감추
도록 하라."

할아버지께서 남기신 말씀대로 명심하면서 살고자 했다. 그
러나 내 존재 깊은 곳에 감춰진 근원적 그리움은 다 감출 수가
없었다. 지금은 희미하게 퇴색되어 가고 있지만 굽이굽이 돌아
가며 묵묵히 흐르던 유년에 보았던 보성강을 잊을 수가 없다.

은강(隱江)이라는 호를 지어 주신 무염거사(無染居士)님 응원
덕택으로 『마음의 강』 첫 시집 이후 10년 만에 두 번째 시집을
세상에 꺼내 놓고 보니 한편으로 부끄러움이 앞선다. 사랑하는
가족과 고향을 사랑하는 보성문인협회 회원님들에게 감사하는
마음을 전한다.

2020년 11월
월백당에서 이남섭

차례

1부 무소유 길

2부 아내의 시집(詩集)

3부 잠깐의 슬픔

4부 고래를 그리며

5부　헤미스 곰파에서

1부

무소유 길

법정 스님 다비식에 참석했던 인연으로
새해 첫날이면 찾아가는 조계산 무소유 길
걷다 보면 익숙한 산 내음 나를 따라온다

봇재의 아침

아흔아홉 굽이
전설이 시작되는 봇재의 아침
산안개 내려와 초록과 함께 뒹군다

고래가 어린 새끼 업어 키우듯
어린 자식 등에 업고 버거운 짐
머리에 이고 넘나들었을 당신

휘청거리는 다리 잠시 쉬어가는 봇재
눈먼 흰 고래 한 마리 아침 햇살 물고
초록의 바다 유영한다

시인

"세상을 살면서
분주하거나 경쟁하지 말고
한사코 깊이 감추도록 하라"

할아버지께서 남기신 말씀대로
성난 발톱 감추고 기죽어 살았다

그러나 시원에서 자라나는 발톱
다 감출 수는 없었다
마음 비우면 채울 수 있다는데

수평선 위로 떠오른 눈물방울 하나
눈물 속에 끓고 있는 빛 한줄기
끝내 채우지 못한 밧줄 한 가닥 잡고 산다

무소유 길

법정 스님 다비식에 참석했던 인연으로
새해 첫날이면 찾아가는 조계산 무소유 길
걷다 보면 익숙한 산 내음 나를 따라온다

사람은 해가 바뀌면 왜 가슴이 설레고
발걸음은 어째서 가벼워질까?
새해 대숲을 지나가는 바람 소리 향기롭다

"삶은 순간이 아름다운 마무리이자 새로운 시작"*
이라는 큰스님 말씀 어찌 다 시(詩)로 표현할 수 있을까?
이 길 오르는 동안만이라도 무소유로 살고 싶다

*법정 스님 『아름다운 마무리』에서 인용

불일암

빠삐용 빈 의자 달랑 남겨 놓고
머나먼 길 떠나신 큰스님 계신 곳
아무 때나 부를 수 있는 사람과 함께
오늘도 무소유 오솔길 오른다

'인생을 낭비한 죄' 짓지 마라
조용히 들려오는 임의 말씀
만나러가는 길 어찌하면
그 말씀 다시 한 번 들을 수 있을까?

숨은 강

나는 작은 마음의 강 하나 갖고 싶다
낮은 곳으로만 흐르는 숨은 강
비록 지금은 실개천이지만
오랜 세월 흘러 큰 강물이 되면
숲의 생명 흠뻑 적셔주는 생명의 강

그 강물 서로 다투지 않고 유유히
흘러 가장 낮은 바다에 닿으면
마음의 상처 평평하게 고를 수 있는
무위(無爲)의 강물 그런 마음의 강
가슴 깊숙이 흐르게 하고 싶다

지금

해인은 진실 된 세계라 하는데
해인사에 가면 진실해질 수 있을까?
오라는 말은 없어도 가끔 나는 그곳에 간다
해가 뜨나 해가 지나 지금 세상은 온통 단거리 경주이다
간절한 영혼 하나 지키기 위해 오늘도 나는
그곳에 간다 일주문 들어서니
천이백 년 세월을 견디어온 전설의
고사목 내게 말을 걸어온다
"천겁의 시간이 흘렀어도 옛날이 아니요
만세의 앞날이 오더라도 항상 지금이다"*
그래서 지금이 걱정이다

*해인사 일주문 주련 글씨 '歷千劫而不古(역천겁이불고) 亘萬歲而長今(긍만세이
장금)'에서 인용

산문(山門) 가는 길

고향 집을 나와 산 넘으면
아름다운 산문이 나온다
오래 전부터 걸었던 길이다
비단결 바람이 부는 오솔길
바위틈으로 수군거리는
물소리 들린다
인연이 깊어서일까
흰 나비 한 마리
청량각* 위를 맴돌고 있다
궂은 흔적 잘 감추는 사람을
유능하다 누가 말하는가
피할 수 없는 보따리 짊어지고
오늘도 나는 산문으로 간다
일주문 지나 세월각**에 서서
마음 하나 꺼내어 달빛에 씻어본다
쿵쿵 울리는 법고소리
해탈문에 들어선다
아득히 들리는 흰 나비의 날갯짓
모두 다 내려놓으라 한다

*청량각(淸凉閣) **세월각(洗月閣)
 순천 승보종찰 송광사에 있는 전각 이름이다.

겨울 산사에서

겨울나무 끝 울리는
깊은 산사의 범종소리
깊은 시름 출렁이는
물결이 됩니다

지난 가을
탱자나무 울타리처럼
더 이상 다가설 수 없는
당신의 거리
가슴에 가시 하나
심어 놓았습니다

오늘 당신이 울리는 손길로
탱자나무 가시 하나 뽑아
잔설로 남은
당신의 산 넘습니다

초록 잎

삶에 에너지가 필요할 때
보성 차밭에 간다

오월 차밭을 거닐면
초록 잎 다가와 소곤대고
물안개 내려와 나를 껴안는다

색채가 빛의 고통이라면
꿈꾸는 자는 왜 가슴이 아플까

초록 잎에 스며드는
풀피리 맑은 영혼
당신의 소리가 되게 하소서

다선일여

녹차를 마신다는 것
쓸쓸하고 외로운 사람들
함께 초록에 물든다는 것이다

초록에 물이 든다는 것은
영욕의 고단함을 씻어내
무심의 세계로 들어가는 일이다

녹차를 마신다는 것
다선일여(茶禪一如)로
내 안의 부처를 찾아가는 것이다

차 마시는 시간

봄차를 끓이는 날이면
초록도 운무를 타고
내 곁에 내려와 차(茶)를 우려낸다

한 가닥 여유로 피어오르는
그윽한 찻잔의 향기
색과 맛 언제나 새롭기만 하네

고요해라 차(茶) 마시는 시간
지나가는 바람도 줄을 서서
잠시 세상의 근심 씻어 준다

좋은 시는 차향이 난다

일백 오십년 전
가(可)하고 불가(不可)함을 세상 어디에도
맞출 수 없다던 올곧은 선비
철다(啜茶)* 이수(二首) 한시
봇재 그늘 차 박물관에 걸려 있다

"물 끓이며 산 차를 고르는 일
담담한 이 맛 아는 이가 드무리라"*
좋은 차 천편이 있으면 일생이
만족하다는 영원한 다인(茶人)

일봉 이교문 선생 내 고향 보성에
맨 처음 차 끓이는 법과 맛을 시로 쓰셨다.
고요해라 당신의 철다(啜茶) 시 읊조리자
차향이 온몸으로 스며든다

*일봉 이교문 철다(啜茶: 차를 마심) 시에서 일부 인용.

보성 소릿재

아흔아홉 굽이
보성 소릿재를 넘어서면
세상의 소리가 보인다는 전설이 있다

남을 울리기 위해 내가 먼저
제 목을 찢고 울어야 했던 고갯길
하늘 위로 피어오른 득음의 소리

다 어디로 갔을까?
시공을 넘나든 서편제 한 마당
귀가 울고 있다

보성 소리를 얻다

"배우면 쓰겄다"는
소리 스승의 한 말씀에
팔도 소리꾼 모여들던 득음정

푸른 날 영천(聆川)*에
쉼 없이 피를 토해 얻은 득음
한가락 하얀 폭포수를 뚫는다

"어와 내 말 한번 들어 보소"
소리 하나로 천하 강산 휘어잡는
보성소리, 가을 하늘이 짧기만 하다

*영천(聆川): 물소리를 들으면 정신이 맑아진다고 하여 들을 영(聆) 내천(川) 자를
 썼다. 보성군 회천면 영천리에 소리를 얻는다는 득음정이 있다.

2부

아내의 시집(詩集)

아내의 회갑 날이다
나는 그 시집 한 권 훔쳐본다
"잘 해낼 수 있을 거야, 쬐끔만 참자"
세상에 가장 아름다운 시(詩)다

아내의 시집(詩集)

아내는 35권의 시집이 있다
가난한 공무원인 나를 만난 후 쓴 시(詩)다
제목은 가계부
출판사는 주부생활이다

한 해를 마무리할 때면
어김없이 출간된 시집이지만
한 번도 읽은 적이 없다
그런 나를 아내는 너그러이 용서했다

아내의 시집(詩集)이 늘어날 때마다
나와 네 명의 딸들은
하나씩 꿈을 이루어갔다
아내의 시집(詩集)은 도깨비 방망이가 아닐까

아내의 회갑 날이다
나는 그 시집 한 권 훔쳐본다
"잘 해낼 수 있을 거야 쬐끔만 참자"
세상에 가장 아름다운 시(詩)다

어느 시인의 밥값

새벽잠 깨어나
『밥값』이라는
동갑내기 시인 시집을 꺼내 읽었다
한 페이지 한 페이지 넘어가는 책장
이내 손끝에 지문이 된다

"모름지기 사람은 밥값을 해야 써"
오래전 할아버지 말씀이 문득
귓전에서 맴돈다

시인은 이미 밥값을 계산하며
세상을 시(詩)로 물들이고 있는데
그저 밥값을 축내고 살고 있는지 오늘도
반성할 뿐이다

대학을 졸업하는 딸에게

네가 대학을 졸업하던 날
바람이 무척 불었었지 교정의 나뭇가지와
약한 네 몸도 세찬 바람에 흔들리더구나
처음으로 부모를 떠나
낯선 서울로 유학하여 너의 짐을 옮겨주고
돌아설 때가 엊그제 같은데 벌써 졸업이구나

늦게야 큰딸 너를 낳고 쳐다만 봐도
가슴 흐뭇하고 생각만 해도 행복했던 시절을
아빠 엄마에게 선사했던 너
잠자는 시간과 밥 먹는 시간까지 아껴가며 알바를 하면서
우수한 성적으로 졸업을 한 네가 자랑스럽다

그렇게 가고 싶어 했던 해외 어학연수를
포기하고도 올해 MBC 방송에
출연했던 네 모습을 보고 그리고 또
씨네마21 잡지에서 너의 활약 모습을 보고
아빠는 놀랐다. 제대로 뒷바라지 못한
아빠가 많이 부끄러웠다

좋은 나무는 쉽게 크지 않는다고 한다
바람이 강하면 나무도 강해지고
숲이 어두우면 나무는 하늘을 향해
더욱 높이 뻗어간다고 한다, 사랑하는 나의 딸아
진심으로 졸업을 축하한다

아빠도 주경야독으로
늦게야 학사모를 쓰고 졸업 운동장에서
창피하게 여러 사람 앞에서 눈물을 뿌리던 그날이
생각이 난다, 네가 원하던 대학원 그리고 유학까지
무사하게 이루어졌으면 좋겠다
그리고 아빠가 하고 싶어 했던 깊고 넓은 학문의 길을
일구어 갔으면 좋겠다

우리 현진이

코카투, 레인보우 롤리킷*을
친구로 둔 여섯 살 된 현진이
글로벌 가이드이다

쇼핑센터 시드니 공원길
척척 안내한다
미국에서 태어났지만
영어와 한국어 능통하여
한국 동화를 혼자서 잘 읽는다

현진이는 새들과 이야기를
주고받으며, 바람처럼
달리기도 잘 한다 그런 현진이
고향 뜨락의 모란꽃을 닮았다

*시드니에 사는 새

오페라 하우스에서

전설의 꿈을 간직한
어린 흰 고래 한 마리
언제부터 내 가슴으로 들어와 살고 있었다

호기심 많은 어린 고래는
곧잘 황홀한 꿈을 꾸다가 마침내 가슴을 열고
대양을 향해 힘차게 헤엄쳐 나갔다

거친 파도를 죽을힘을 다해 넘은
어린 고래는, 마침내 어른이 되어
이젠 잔잔한 바다로 돌아와 함께 여유를 마신다

내리사랑

세상에 온 지 7개월
겨우 뒤집기 하는 다혜, 도현이
하이파이브하면 번쩍번쩍
고사리 같은 손바닥 들어 올린다

세상은 어지러워지는데
때 묻지 않은 저 어여쁜 손
어찌해야 지켜줄 수 있을까?

내 새끼 비로소 어미 되니
제 새끼 똥도 손으로 받아내는
고왔던 아내의 손을 똑 닮았다

파도 소리

그 바다에 가면
꼭 묻고 싶은 말이 있었네
그러나 끝내 묻지를 못했네

쉴 새 없이 밀려왔다 밀려가며
바위섬 몸이 부서져라 때리는 이유
아무래도 모르겠네

우리가 맨 처음 세상에 나오면서
서럽게 울었던 소리가 파도였다는 것
이젠 어렴풋이 알 것 같네

난심이 고모

아홉 살에 우리 집에 들어와
열세 살 어린 나이에 나를 업고
키웠다는 난심 고모,
백발이 되어 고향에 돌아왔다

"니를 내가 살렸어야 죽은 줄 알고
갓난이 니를 옥양목으로 싸서 윗목에 밀쳐 놨는디
내가 한밤중에 보성강 건너 무당 불러와서
신령님께 빌고 빌어서 니가 떡 하고 살아났제"
긴 세월 나의 유년을 기억해준 고마운 난심 고모

어려서 남의집살이
일찍 남편 잃고 이젠 장남까지 잃었다는 그녀
누군가 캄캄한 밤하늘에 함부로 쏴버린
빗나간 운명의 화살
그러나 아직 살가운 고향이 남아 있어
다행이라는 우리 난심 고모

어머니 재봉틀

"밥상 다 차렸느냐?" 영정 속 어머니
환하게 웃으며 걸어 나오실 것만 같다
일찍이 만행(漫行) 떠난 지아비 빈자리
재봉틀 돌리는 소리로 밤을 지새우셨지요
어머니는 왜 늘 재봉틀 앞에만 계셨는지요?
어머니, 고구마로 점심 대신하는 날에도
낯선 손님 기꺼이 밥 한술 해 먹이셨던 당신께
가난한 부자라고 어머니를 한때는 원망도 했었지요
그때 회초리를 들어 차마 외아들 종아리
때리지 못할 때 철없는 아들놈은 그만 회초리 뺏어
던져버린 오만방자한 놈이었습니다
구십 한해 마지막 일 년 낙엽처럼 가벼워진 몸
외로운 병실에서 묵언으로 보내셨던 당신이 보고 싶어
시답잖은 시로 당신을 그리는 못난 자식
가슴에 바늘 하나 꽂혀 온몸을 감돌고 있습니다

부처님 얼굴

설날 아침 차례 상
미소 짓는 어머니 영정 앞에
가슴이 찔렸다

생전에 불효한 죄
아무래도 심판을
받아야 될 것 같다

먼 길 떠나신 날
"부처님 잠 주무신 것 같습니다"라는
의사 선생님 말씀 떠올리며
강신 잔을 올리며 무릎을 꿇는다

할아버지 사랑방

무사히 잘 다녀왔습니다
외출에서 돌아와 무릎 꿇고
할아버지께 보고 인사 올리며
공경을 배웠고

유년의 새벽
억지 눈 비비고 일어난 어린 손자
꿀 한 숟가락으로 달래며 천자문 가르쳐 주시던
할아버지께 사랑을 배웠다

어쩌다 사랑방에 손님이 찾아오면
집안은 분주했지만 일찍이 남에게
배려하는 법을 알게 되었다

그때 어린 손자 장하지 못해
오늘도 당신에게 좋은 시 한편 올리지 못해
아직도 그것만이 걱정이다

아버지 유산

토요일이면 가끔 아버지가 오셨다
그때마다 어린 나를 냇가로 데리고 가
그물을 치며 피라미와 송사리를 잡았다

내가 자라서 중학교 고등학교
입학하고 졸업을 해도 학교 이름
아버지는 아예 모르신다

공무원이 되고 결혼을 했다
비밀이지만 '축 결혼' 십만 원이
당시 내 장부로 들어왔다

다행이 고기 잡는 방법을 유산으로
상속 받았다, 세상에서 제일 현명한
상속이 되었다, 나는 그래서 시인이 되었다

태즈메니아 섬에서

와인글라스베이가 있는 먼 바닷길
남극과 가장 가까운 섬에 가면
무엇을 담을까?

사랑을 담을까? 추억을 담을까?
초원과 유카리나무에 갇혀 버린
잃어버린 시간들

색채가 빛깔의 고통이라면 저 바다의
심장은 얼마나 많은 구멍이 뚫리었을까?
숨을 들어 마실 때마다 파도가 철썩인다

이 파도소리 잠잠해지면 태즈메니아
여행도 끝내야겠지?
세월이 구름과 바람이 항해하듯 지나간다

짝사랑

외딴 마을에
조그마한 빈 집 하나 얻어
나 홀로 살려 했다

긴 세월, 내 사랑
딱 참을 수 있을 만큼만
쓸쓸해지고 싶었다

그 무엇이 나를 유혹 한다 해도
그저 나 홀로 타오르다
흔적 없이 휙 사라지고 싶었다

3부

잠깐의 슬픔

사월에 내린 비는 목덜미가 가늘고 긴
모딜리아니의 여인처럼 내린다.
빙긋이 웃을 때 드러나는 그녀의 하얀 잇바디 꽃니가
이파리를 물듯이 온다.

봄비 1

사월에 내린 봄비
옥색 치마 곱다시 차려입은
쌩긋 웃는 여인이다

인적 드문 마을
눈을 굴리는 개구리의 눈망울 같은
예기치 못한 추억이 손을 내밀고

가시 잎을 삼킨 낙타의 혀처럼
부드러워진 늙은 감나무
이른 봄을 향해 성큼성큼 걸어간다

봄비 2

망일봉에 걸린 봄비가
주암호 쪽으로 이동하고 있다
주름치마가 바람에 날리듯

마당 가 도랑물은 어느새 몸을 풀고
문득 어머니 가슴 만지고 싶어
도랑물 속으로 가만히 손을 내밀어 본다

비 오는 날 나뭇잎에 떨어지는
물방울 소리 들리면, 당신은 또다시
초록 주름치마 입고 오시려나

봄비 3

사월에 내린 비는 목덜미가 가늘고 긴 모딜리아니의 여인처럼
내린다.
빙긋이 웃을 때 드러나는 그녀의 하얀 잇바디 꽃니가 이파리를
물듯이 온다.

인적 없는 마을 어느 기웃한 뒤란의 저물녘쯤이겠다. 허리 굽
정한 감나무 아래 떨어지는 빗물을 감또개처럼 세고 있는 아이
가 보인다.
처마 끝으로 내민 손끝에서 빗물은 이내 지문이 된다.

오래 전 그 비가 아직 내 몸속으로 내리는가. 손끝마다 파문을
그리고 있는가. 종일 졸졸 따라오는 빗소리와 함께
문득 멈춘 사월.

월백당 연가

해 뜨는 망일봉(望日峰) 자락
가내(可川) 물가에 서 있는 월백당*
창문 앞에 물 흐르는 소리 가득하다

복숭아꽃, 살구꽃, 아기 진달래
모란, 동백 작은 뜨락에
산새와 달빛이 함께 모여 산다

이화(梨花)가 피는 봄날이 오면
달은 휘영청 펼쳐진 책 속에
발길을 멈추고 바람은 시원하다

잠들기 전 이대로 아침이
오지 않아도 걱정 할 것이 없으니
이만하면 넉넉하다

*월백당: 보성군 문덕면 가내마을에 있는 생가.

모란을 노래함

"흙 섬에 자리 잡아 붉은 치마 둘렀다"
"두어 포기 윤기 돌아 술잔을 떠받는 듯"
"한번 싱긋 웃는 모습 부귀를 자랑하고"*

백오십여 년 전 뜨락에 똑같이
피었을 모란을 생각한다
애야! 온갖 꽃 중에서 모란이 제일이란다

아무리 세월이 흘러도
예나 지금이나 싱긋 웃는
모란의 모습 찬란하다

*소송(小松) 이지용(李志容) 5대조(五代祖) 할아버지 소송유고 '모란' 한시(漢詩)
에서 인용

연가

고향 집 헛간채를 허물고
모란과 동백을 심고 노랫말도
함께 심었다

먼 후일 상냥한 모란 아씨와
동백 아가씨가 찾아올 것만 같아
마음이 설렌다

가슴에 불꽃 하나 키우고 싶어
백열전구를 닮은 석류꽃도 심었다
나는 뜰 앞에서 봄과 여름을 보냈다

개울물 소리

깊은 겨울밤 단잠을 깨운 전화
"그곳은 물소리 여전하지?"
사십여 년 전 물소리만 담아 갔다는 친구
속마음 드러내지 않아도
그 목소리 잠깐의 슬픔이 묻어 있다

마을에 불이나면 차가운 개울로
맨 먼저 뛰어들던 친구
고향을 위해 물불 가리지 않던 그가
객지의 삶이 얼마나 고단했으면
밤 깊은 시간에 전화를 했을까?

마당 가 개울물 소리가 그리도
그리웠을까? 오늘따라 도란도란
겨울밤을 흐르는 물소리 송두리째
심장 속으로 끌고만 간다

별이 빛나는 밤

라다크 적멸궁(寂滅宮)에서
바라본 별빛 고향 산천
그리움의 넓이만큼 반짝인다

젊은 날 밤하늘을 바라보며
새로운 별과 사라지는 별을
세면서 마음을 불태웠던 시간

고흐가 간절하게 그렸다는 별도 저기 있을까?
도무지 알 수 없는 오래된 미래*가
하늘을 여는 신비의 꿈을 꾸게 한다

*오래된 미래 책 제목에서 인용

용바위 전설

이억 이천오백만 년 전 공룡 발자국이 있는
용바위 골 용암리 585번지 어느 날
물고기 한 마리 세상 밖으로 튀어나왔다
어미 물고기는 별것이나 되는 줄 알고
천자암에 이름을 새기고 미륵불에게 미래를 빌었다

실개천이 흘러가면 바다로 간다는 진리
알면서도 어린 물고기는 탯자리 떠나지 못하고
차가운 얼음장 속에서도 넓고 푸른 바다를 가슴에 숨기고
살았다

일생은 모르는 일이야 아! 글쎄
떠나갔던 물고기들 살다보니 용보와 용바위*가
세상에서 가장 따뜻한 물이라며 용바위 전설
다시 돌아오고 있다

*용바위 용보: 보성군 문덕면 용암리 가내마을 입구에 용바위가 있으며 바위에
는 공룡 발자국이 남아 있다. 바위 밑으로 용보가 있고 긴 굴이 뚫어져 있어 많
은 전설이 담겨있다. 행정적으로 마을 단위를 용암리라 한다.

당산나무

당신의 그늘 아래
꽃이 되겠다는 맹세 어디쯤에서 흔들렸을까?
새들도 둥지를 떠나 쓸쓸해진 빈자리
당산나무 한 그루 묵묵히 마을을 지키고 있다

사랑을 확인하고 싶어 할 때
푸른 산 푸른 물을 말없이 내어주었던
눈물 많던 당산나무 아직도 사랑의 흔적
가슴에 품고 있을까?

기다림

홀로 비를 맞으며 끝까지
기다려본 사람은 안다
다가왔다가 또 멀어지는 발소리
끝나지 않는 그리움이다

끝끝내 오지 않는 사람
기다려본 사람은 안다
오늘을 지나 내일 그대 올 수 있다면
나 힘들어도 기다림 웃음으로 지키겠다

금둔사 납월매

섣달 스무여드레는 한 살과 두 살
모호한 경계선에 서 있다
무슨 독한 마음 있어 이런 혹한에 금둔사
납월매*는 필까?

매서운 눈보라 속
어린 꽃망울은 하얀 눈에 쌓여
꽃잎은 핏빛이 된다

2조 혜가(慧可) 존자께서
폭설 속에서 왼팔을 잘라 달마대사에게 구법을
청했다는데 그때 흘린 붉은 피 환생하는 것일까?

*전남 순천시 낙안면 금둔사 홍매는 토종으로 엄동설한에 꽃망울을 틔운다고
 해서 '납월매'라고 불린다. 납월은 음력 섣달의 다른 표현이다.

바람소리

바람은 세상을 떠돌다
대숲에서 소리로 만납니다
소리가 된 바람은
모든 것을 넉넉하게 합니다

그리고 순간을 아끼며
서로 사랑을 나눕니다
소리는 자신을 보지는 못하지만
대숲으로 흐르는 달빛까지
나를 경청하게 만들어 냅니다

때로는 바람도 파도처럼
뭍으로 오를 수 없다는
상처를 알지만
외로운 구름 잠들게 하고
떠나보내기도 합니다

아름다운 길

사월이 오면
꽃비 내리는 시오리 대원사 가는 길
걷고 싶다, 오랜 세월 가난도 즐기며
살았던 시간 이젠 추억의 길이 되었다

꼬불꼬불 산길 함께 걷는다는 것은
잃어버린 마음을 되찾아 가는 길이다
누구나 차가운 타향의 뒷골목에서
한두 번쯤 슬퍼했을 발걸음

아득하게 울리는 산사의 범종소리
벚꽃으로 환생한 고향의 눈물이다
이제 당신이 잡아준 따스한 손길로
얼어붙은 벚나무 환하게 웃고 있다

4부

고래를 그리며

신화처럼 숨을 쉬며
어린 새끼 업어 키우는
고래가 사는 장생포 앞바다

가슴으로 불쑥 찾아온
잊힌 고래 한 마리 잡으러
나는 그곳으로 간다

고래를 그리며

낯선 한 통의 메일을 받았지
지극히 고래를 사랑하므로
우리는 귀하를 초대한다고

그해 겨울, 술만 마시면
예쁜 고래 보러 가자고
했던 약속 어찌 알았을까

신화처럼 숨을 쉬며
어린 새끼 업어 키우는
고래가 사는 장생포 앞바다

가슴으로 불쑥 찾아온
잊힌 고래 한 마리 잡으러
나는 그곳으로 간다

울산의 추억

그해 오월의 장생포 잔잔한
앞바다는 참 좋았다
비록 고래는 만날 수 없었지만
감춰진 고래 추억이 일렁이고 있었다

보성 산골 소년 삼돌이
상냥하고 마음씨 고운 울산 큰애기와
첫 상봉하는 나래문학 기행
오래 함께 걸어온 골목처럼 따뜻했다

고래 문화마을* 추억의 벽시계 아래서
수줍음 많은 소년과 소녀로 돌아가
철수야, 영희야를 부르며 웃음꽃으로
사랑을 응원했던 푸르른 날이여!

*고래문화마을: 울산 장생포에 조성된 고래 테마 마을. 고래 포경이 성업하던
1960~70년대의 장생포의 모습을 그대로 조성한 공간으로, 옛 향수를 불러일으
키는 추억의 공간이자 교육의 현장이다.

보성강

사는 일 너무 힘들 때
남몰래 찾아가는
추억의 강(江) 하나 있었네

세상은 다 변해도
변치 않고 고향 땅 자애롭게 안고
묵묵히 흐르던 마음의 강이었네

수천 년을 흐르던 강물 이젠
주암댐에 막혀 바다에 갈 수 없어도
여전히 유년의 가슴으로 흐르고 있네

대숲으로 간다

우리 집 마당가 댓잎사귀 흔드는 바람소리
듣고 있으면, 지금도 '임금님 귀는 당나귀 귀'
동화가 떠오른다

당신은 모르겠지만
당신을 사랑한 죄
남몰래 대숲에서 고백했던 지난 날
한 폭의 수채화로 남아 있다

바람 부는 날이면
나는 고향 대숲으로 가려 한다
지금은 아득한 동화가 되었지만
옛사랑 달빛에 흥건히 젖어 있는 곳으로

늙은 감나무

마당 가 늙은 감나무
아직 흔들리지 않는 그늘 있다
마을 사람들은 시야를 가린다며
마지막 감나무 베어버리란다

어린 감나무 심어놓고
정성을 모으시던 할아버지
설 자리 점점 잃어 간다

빈집은 늘어도
바람은 아직도 흩날리는 감꽃 걱정
햇볕만이 늙은 감나무 먹여 살린다

인연

모진 풍상 일백오십 년을 견디어 온
동백나무 아찔하게 목이 잘려
우리 집 베란다로 이사를 왔다

척박한 땅에서
몸을 비틀면 비틀수록
빛과 바람 점점 멀어져만 갔다

아무래도 인연의 화살
잘못 맞은 것 같다, 미련 없이
이별을 준비해야 할 것 같다

아름다운 장인
−무형문화재 낙죽장

이 세상 모두가
새로운 것을 얻으려 할 때
당신은 사라져 가는 것을 붙잡아
불꽃처럼 자신을 태운 사람입니다

당신은 이 세상 모두가
오직 높은 곳을 향해 달려갈 때
어둡고 낮은 곳에서 유(有)와 무(無)
한계를 넘어선 온유한 사람입니다

당신은 아홉을 버려 하나를 얻었고,
얻은 하나로 만인에게 정결한
감흥을 준 혼이 담긴 사람입니다

장인 정신은 대대로 빛나되
빛나지 않는 삶을 살아가는 당신은
참 아름다운 사람입니다

가면의 천사

"당신은 참 좋은 사람이야"
단순히 듣기 좋은 말이지만
나는 겸손하지 못했습니다

아직 용서하지 못한 사람
가슴에 남겨 놓고
당신을 좋아한다고 말했습니다

사랑은 받을 때보다 줄 때
행복하다고 말은 하면서
부풀려 허풍을 떨었습니다

내 실수와 잘못은 감추면서
남의 실수를 용서하지 못하고
자비로운 사람처럼 위장했습니다

사랑은 외롭지 않다

눈 내리는 아침
무작정 집을 나서 보자
아무도 가지 않는 길은 축복이다

우리가 사랑한다는 것은
펑펑 내리는 눈보라 속에서도
서로에게 미소를 지을 수 있다는 것

알몸 겨울나무에 따스한 옷 한 벌
맨 먼저 입히려는 하얀 눈을 보라
사랑은 눈 오는 날 조용히 온다

작은 음악회

"고향에 고향에 돌아와도
그리던 고향은 아니러뇨"*
풀피리 불며 떠났던 그대
세월이 아무리 흘러도
남아있는 당신의 고향을
지키려는 작은 음악회

그들이 두드리는 피아노 건반
얼어붙은 남도 땅을 녹였고
그대들이 불렀던 노랫소리는
봄숲 아지랑이처럼 은밀하게
겨울밤을 흔들었습니다

지극히 음악을 사랑했던 우리
바흐와 베토벤과 브람스보다
더 겨울밤을 매혹시킨 채동선 작은 음악회
참으로 거룩했습니다

*정지용 시, 채동선 곡 「고향」에서

쓸쓸한 공간

아내는 캄보디아로 봉사한다며 여행 중
막내딸은 샹젤리제 불꽃놀이로 파리 행
빈 집에 홀로 남은 나는 밤을 새면서

"파리로 가는 길"
"미드나잇 인 파리"
두 편의 영화를 TV로 보았다.
일에서 백까지 몇 번 세다 포기했다

오늘 낮에는 낯선 오십대 두 남녀가
"물 한 모금 얻어먹을 수 있을까요?"
다짜고짜 벨을 눌러서 문을 열어 주었다
그러자 부적을 붙여야 한다며 횡설수설한다

아무래도 이 쓸쓸함을 기념해야만 될 것 같다
"인간이 쓸쓸한 공간 단계를 넘지 못하면
다음 단계로 넘어가지 못한다"
내가 지금 그 단계에서 헤매고 있지 않은가?

대붕 마을

어릴 때 날마다 밤이면
우리들은 활성산에서
숲 속 마라톤 경주를 했다

해풍이 불어오는
푸른 차밭을 지날 때면
쏴아~ 쏴아~ 파도 소리 밟고 달렸다

우리들 달음박질은
대붕(大鵬)의 날개였다
넓은 바다로 대지로 날아갔다

해마다 오월이 오면
타지로 날아갔던 새들이 다시 돌아와
마을은 다시 풍덩거린다

감국 마을

아무도 와주지 않는 구릉지
한 송이, 한 송이
꿈으로 피워낸 참국화
있는 그대로 사랑하겠습니다

너무나 고운 당신의 빛깔
슬픔으로 다가와도
간절한 감국(甘菊)사랑
당신을 위해 기도드리겠습니다

임 떠난 백사 단양* 옛터
비록 사람은 없어도
보석은 아니어도 달빛과 햇살이
감국마을 먹여 살리고 있어요

*백사 단양: 전남 보성군 문덕면 백사, 단양 옛 마을 이름 현재는 주암호로 수몰
 되어 사라졌음.

초암정원

하늘과 땅 사이에는 나무가 산다
그 사이로 바람과 사람이 살고
산 사람과 죽은 사람이 함께 산다

어머니가 그리울 때마다
효심을 심었다는 초암정원* 산다화
십일월 찬 서리에도 꽃망울이 붉다

마음의 정원을 갖지 못한 자 그곳으로 가라
철갑솔 동백꽃 등 이백여 종 나무 함께
효심의 비단길 함께 걸을 수 있다

*초암정원: 보성군 득량면 초암마을 '초암정원'이 전라남도 민간정원 제3호다. 초
암정원은 김재기씨 개인소유로 4만7천㎡ 산림과 농경지를 활용하여 효심으로
8살때 돌아가신 어머니를 생각하며 만든 정원이다. 철갑솔 산다화 등 200여 종
다양한 난대수종이 자라고 있다.

5부

헤미스 곰파에서

인더스 강변 협곡
젊은 예수와 환생한 린포체
서로 만나 향 한 자루 태우며
중생을 구했다는 헤미스 곰파
숨어 있는 전설을 본다

헤미스 곰파에서

인더스 강변 협곡
젊은 예수와 환생한 린포체*
서로 만나 향 한 자루 태우며
중생을 구했다는 헤미스 곰파
숨어 있는 전설을 본다

목말라 떠난 인도 라다크 순례길
부활한 공룡들이 히말라야 산맥
하늘 위로 기어오르는 시간
함부로 인더스 강물 퍼오지 마라!
이제 겨우 반딧불 하나 찾았을 뿐이다

*린포체: 전생의 업을 이어가기 위해 다시 태어난 불가의 고승

호심불

마음 찾아 떠돌던 나
종심을 눈앞에 두고서야
내 안에 달리 길 없음을 알았네

히말라야에 핀 만년설을 보고
하늘에 흰 구름 이외의 것도 있음을
나는 이제야 보았네

다람살라 윗동네
티베트 망명 정부 있는 곳에서
가슴 뛰는 행운을 얻었네

무염거사(無染居士)가 선물해준
작은 불상, 무아 경지 표정
마음으로 들어와 호심불(護心佛)되었네

쿠리 사막의 추억

구도자는 왜 사막을 걸었을까?
평생 벗어날 수 없을 것 같은 고독
사막은 그 답을 말할 수 있을까?
언제부터 나는 사막 그림을 그리기 시작했다

"병든 나무처럼 생명이 부대낄 때
저 머나먼 아라비아의 사막으로 나는 가자"*
나는 낙타를 타고 낙타는 전생의 고독을
태우고 방울을 울리면서 쿠리 사막 함께 걸었다

사막의 꿈을 꾼 지 반백 년
사막에서 한 방울의 물을 얻기 위해
가시나무를 씹어 피를 삼켜야 하는 쌍봉낙타
그 슬픈 눈방울, 이제 다시는 보지 않으리라

*유치환의 시 「생명의 서(書)」에서 인용.

라다크 가는 길

레* 공항에 내릴 때
뾰쪽뾰쪽한 히말라야 산들
비행기 날개에 닿을 듯 해발 3,520m
고산 지대는 충분히 우리를 긴장시켰다

산에는 풀 한 포기
자라지 못한 벌거벗은 차가운 땅
구도자 기도소리만 이른 새벽을 가른다

시바 신이시여! 저를 사랑한다면
히말라야 위로 쏟아지는 저 빛나는
별빛 아래 나의 영혼을 눕혀주소서
나 잠들면 저 별 나라로 돌아가리라

*레: 인도 북부 잠무카슈미르 주 라다크에 있는 도시, '세계의 지붕'으로 알려진
  해발 3,520m의 가파른 산악지역에 자리 잡고 있으며, 훨씬 더 높은 산들이 주
  변을 둘러싸고 있다. 사람들이 상주하는 도시 가운데 세계에서 가장 높은 지역
  에 있는 곳으로 손꼽히기도 한다.

판공초*에서

해발 5,350미터 창라 고갯길
죽음의 질주 여섯 시간 끝에 펼쳐진
라다크 판공초 하늘 호수
꿈속에 서 있는 것 같다

무모한 도전인가? 목마른 열정인가?
호수가 하늘인지? 하늘이 호수인지?
호접몽(胡蝶夢) 한 마리 수면 위로 날고 있을 때
하늘빛 호수 속으로 무너져 내린다

호수는 하늘과 어떤 이야기를 할까?
아마도 달콤한 사랑의 밀어 속삭이고 있지 않을까
히말라야는 왜 바다를 폭파시켜야만 했을까?
오늘 하루 내내 나는 얼간이가 되어 돌아왔다

*판공초: 해발 4,350m, 길이 154㎞의 거대한 염호로 원시적인 태고의 아름다움
 을 자랑하는 인도 라다크에 있는 소금 호수(해외 네티즌이 꼽는 10대 아름다운
 경관으로 선정됨). 인도 영화 〈세 얼간이〉 촬영 장소로 유명하다.

아잔타 석굴 사원

1,300년 전 고승 혜초 스님이 걸었던
고행 길을 생각하며 두 번의 비행기를 갈아타고
아우랑가바드 아잔타 석굴 사원으로 향했다

웅장한 협곡에 펼쳐진 불가사의한
신비한 29개 석굴사원은 바위 궁전이다
20m의 깊이로 깎고 뚫어 만든 조각 건축물
이천 년에 살았던 석공들이 흘린 눈물 자국이 아닐까?

진정한 예술은 가보지 않는 길을 가는 것
"닭은 추우면 나무로 올라가고, 오리는 추우면 물로 들어간다"
오도송 앞에 옷깃을 여미며 합장을 한다
내 죽으면 여기 와서 이름 없는 바위가 되리라

황금 사원

선입견은 버려라
가난한 이미지를 갖고 떠난
인도 순례길

암리차르 황금 사원*
덧없는 호화로움은 신의 메달인가?
아니면 어두운 인도 구원의 별일까?

이른 저녁부터 황금 사원 보도에
함부로 누워 있는 나그네의 평화로움
황금빛 받으며 기도를 드리는 것은 신의 축복이다

*암리차르 황금 사원: 인도 시크교의 총 본산으로 인공호수 한가운데 약 400㎏의
 황금으로 사원의 지붕을 덧씌워서 만든 시크교의 상징적인 사원(BBC 선정 죽기
 전에 가보아야 할 세계 50곳 가운데 6위로 선정됨).

사랑의 문

문 앞에 서 있는 사람은 늘 가슴이 설레인다
세상에는 많은 문(門)이 있지만, 사랑의 문을 여는
사람은 신의 선택을 받은 사람이다

독일 하이델 베르크 성 앞에
사랑의 문이 있다 누구일까
사랑의 문을 열었던 사람은?

프리드리히 5세, 엘리자베스 아니면
괴테, 철없이 간절하게 신에게 기도드린다
이제는 홀로 사랑의 문 앞에 서성이는 일 없게 하소서

정안사에서

한반도 정남진 자락
돌배 타고 오신 현인의 뜻
천관산 아래에 있었다

거친 세월 이겨낸
당동마을 공예태후 탄생지
맑은 바람 같은 자손들
정안사(定安祠)* 뜰로 모여든다

아지**의 슬픈 전설
떠돌이 시인의 가슴에 불 지피고
동백은 마당가에 서서
꽃송이 뚝뚝 떨구고 있다

세월이 가도 살아 있는 정신
후손들 정성 지극해
선조의 이름 드날리니
길손은 머리 숙여 옷깃 여민다

*정안사: 장흥군 관산읍 옥당리 당동 마을 장흥 임씨 발상지에 있는 사당(祠堂)
　으로 공예태후의 탄생지.

**아지: 고려 제17대 인종왕비인 공예태후의 언니 임씨가 동생인 공예태후에게
　꿈을 팔아버리고 왕비 간택의 기회를 놓치고 한을 품어 자결했다는 연못 이름.

덕산정사

어느 절에서 사용한 구시용 비사목이
나왔다 하여 축치(杻峙)라 부르는 보성 강변에
안개에 젖은 호젓한 덕산정사(德山精舍)*

부(浮) 보다는 담(沈)을 속(速)보다는 서(徐)를 생각하는
나이 되어서야 찾아온 말손(末孫)
돌담을 감싸고 있는 칡꽃에 돌담 어깨가 무겁다.

"시예(詩禮)**의 업을 잊지 말고 앞을
이으고 뒤를 열어 가라"라는 족조(族祖)님
얼마나 더 씻겨 져야 가슴에 새겨질까?

영재를 기르는 것이 세 번째 낙(樂)이라는
낙천 이교천 대(代)를 이은 손자 송담 이백순
두 분 산림처사(山林處士) 숨결 아직 가슴에 남아 있다

*덕산정사(德山精舍): 보성군 복내면 동교리 산 171-1 축치마을에 위치에 있다. 낙천 이교천(樂川 李敎川)이 학문연구와 제자들의 강학을 위해 문인들의 합조로 건립하였다. 이교천(1882〜1948)은 본관은 성주(星州), 자는 영전(英傳), 호는 낙천으로 복내면 시천리에서 태어났다.

송담(松潭) 이백순(李栢淳 1930〜2012)은 낙천 이교천의 손자로 간재 전우, 효당 김문옥, 현곡 유연선. 양재 권순명, 현당 이현규 선생 등 거유의 가르침을 받았으며 덕산 정사와 광주에서 후학을 양성했다. 60여 년 동안 그가 배출한 제자는 1,000여 명에 달한다. 이 시대 마지막 선비로 불렸다.

**시예(詩禮):선조의 교(敎)

이탈

그해 여름 동해안 여행 중
내비게이션 오작동으로 의지와 상관없이
낯선 고성군 왕곡마을*로 들어섰다

200년을 넘긴 고택(古宅)에서
두문동(杜門洞) 선비가 나와서 말을 건다
등때기가 서늘하다

담장 넘어 백일홍이 수근 거린다
"매일 날씨가 좋으면 사막이 된다"
나는 이탈을 꿈꾸며 가끔 익숙함을 거부한다

*왕곡마을: 강원도 고성군에 위치한 왕곡마을은 고려 말 두문동 72현 중의 한 분인 양근 함씨 후손들이 대대로 이곳에서 생활해 왔다. 특히, 19세기 전후에 건립된 북방식 전통한옥과 초가집 군락이 원형을 유지한 채 잘 보존되어 왔기에 전통 민속마을로서의 역사적, 학술적 가치가 인정되어 2000년 1월 국가 민속 문화재 제235호로 지정, 관리되어오고 있다.

유신리에서 보다

가을의 어느 멋진 날
존제산 중바위 골에
천년의 세월을 기다려온
사람들이 모여든다
죽어서 바위가 되고 싶다는 시인
전설 속의 큰 바위 얼굴을 꿈꾸는 소설가
모두가 불국정토를 기다리며
마애여래 좌상*향해 합장 한다
어찌하면
세상의 뜬구름 탐하지 않고
부처의 마음 닮을 수 있을까?
청아한 산사의 범종 소리
아상(我相)**에 물든 중생들 가슴에 두 손을 모은다
병풍 같은 산들은 갑자기 꿈틀거린다
쪼개진 바위 틈 사이로 흰 나비 한 마리
푸른 하늘로 날아오른다

*유신리 마애여래 좌상: 전남 보성군 율어면 유신길195, 고려시대 조성된 마애석
  불이다.(보물 제944호)

**아상(我相): 불교 사상(四相)의 하나. 오온(五蘊)이 화합하여 생긴 몸과 마음에
  참다운 나가 있다고 집착하는 견해를 이른다.

아버지 이젠 괜찮아요!

-여순 10·19 사건에 희생된 분들에게 바치는 노래

아버지!
여순 사람 마을은 조상 대대로 음덕을 입어
평화롭게 살아온 땅이었지요?
그러던 1948년 10월 19일
성난 피바람이 불어와 아버지의 숲은 모질게 꺾이고 말았지요
"나 죄 없응께 괜찮을 거네" 마지막 말씀도
이유 없는 손가락 총에 붉은 동백꽃처럼
목숨이
덜컹덜컹 땅에 떨어졌지요, 어둠에 잠긴 땅
사랑하는 사람을 남기고 가셨을 당신의 마음
애써 외면했던 지난날

아버지!
그때는 해와 별 이야기가 왜 그리 어둡고
달빛은 또 그리 차갑기만 했을까요?
나의 몸 이 땅에 낮게 하여 주시고
가느다란 숨결 강물로 바다로 이어주신 당신
이제는 말할 수 있어요 여순의 새바람
하나가 열로, 열이 백으로, 천만으로 모여서
억울하게 별이 되신 당신의 이름 불러봅니다
아버지! 죄 없응께 이젠 괜찮아요!

오세암

"다섯 살 난 아이가 폭설 속에서
부처의 도움으로 살아남았다는 전설"이
숨어 있는 설악산 기슭

가을날 오세암 가는 길은
이 세상 어딘가에 감춰진 너에 대한 그리움의
소중한 보상이었다

매월당 김시습과 만해 한용운 숨결이 배여서일까?
바람은 향기롭고 숲길은 꿈길처럼 아득했다
백담사를 지나 영시암을 거쳐 산길은 계속된다

이제까지 살아온 날을 뒤돌아본다
단풍잎이 곱게 물들어있는 그늘 아래
다섯 살 난 아이가 웃고 서 있다

벼 향기 같은 숙연한
아름다움의 시(詩)

정찬주(소설가)

벼 향기 같은 숙연한 아름다움의 시(詩)

정찬주(소설가)

　나는 소설가이다. 따라서 이남섭 시인의 시를 해설하는 나의 글이 빼어난 시에 허물을 얹는 군더더기가 될지도 모르겠다. 그러나 나는 '시 해설'이란 형식에 얽매이기보다는 다소 주관적인 '시 감상'은 할 수 있겠다 싶어 이 글을 쓰기로 했다. 설령 나의 주관적이고 선택적인 해설이라 하더라도 누구나 시를 감상하는 자유는 이미 주어진 것이기에 그렇다. 작품이란 작가의 손을 떠나면 독자의 것이라는 말도 있으니까.

　이남섭 시인의 시들을 읽다보면 몇 가지 이미지가 분명하게 다가온다. 그의 고향이 보성이라는 것, 고향의 강산과 땅과 유적을 사랑한다는 것, 자신을 끝없이 성찰하고 있다는 것, 전통적인 유가(儒家) 정신을 소중히 지키려한다는 것, 불심(佛心)으로 자기 정진을 화두 들듯 하고 있는 것, 차를 벗 삼아 가까이 하고 있는 것, 가족에 대한 사랑과 연민이 깊다는 것, 외국여행을 하면서 끊임없이 견문을 넓혀 왔다는 것 등등이다. 이는 내가 이 시인과의 우정을 과시하거나 그의 인품을 고매하게 하려고 강변하는 것이 아니다. 그의 시를 몇 편만 읽어봐도 바로 알수 있는 그의 시 정신 내지는 시세계이다.

이남섭 시인의 시집 첫 페이지부터 그의 눈은 고향의 산하를 향하고 있다. 왜 첫 페이지를 「봇재의 아침」으로 열고 있는지 나는 안다. 시인이 자신이 딛고 있는 땅을 노래하지 않는다면 그것도 이상한 일이 아닌가. 현실에 존재하는 시인의 정신과 의도가 느껴진다. 봇재는 보성읍을 가려면 넘어가야 하는 재 이름이다. 소리꾼도 넘고, 장사꾼도 넘고, 농부도 넘고, 어부도 넘는 재가 봇재이다. 임진왜란 때는 이순신 장군도 명량바다에서 건곤일척의 결전을 마음에 다지며 넘어갔던 역사의 고개이다.

꿈도 넘고, 절망도 넘고, 눈물도 넘고, 한숨도 넘고, 기쁨도 넘는 봇재. 그러니 시인은 보성의 역사와 삶이 투영된 봇재를 먼저 떠올렸을 터이다. 시인은 봇재를 넘는 고향사람들과 마음을 함께 하고 있다. 그것도 '휘청거리는 다리 잠시 쉬어가는 봇재/ 눈먼 흰 고래 한 마리 아침 햇살 물고/ 초록의 바다 유영한다'고 고달픈 자의 되풀이되는 아침이지만 산안개 깔린 초록에 눈을 씻고 있다는 마지막 연이 애틋하다.

시인 자신을 성찰하고 있는 「어느 시인의 밥값」이란 시도 나의 마음을 붙잡는다. 여기서 어느 시인이란 정호승을 말한다.

새벽잠 깨어나
『밥값』이라는
동갑내기 시인 시집을 꺼내 읽었다.
한 페이지 한 페이지 넘어가는 책장
이내 손끝에 지문이 된다

"모름지기 사람은 밥값을 해야 써"
오래 전 할아버지 말씀이 문득
귓전에서 맴돈다

시인은 이미 밥값을 계산하며
세상을 시(詩)로 물들이고 있는데
그저 밥값을 축내고 살고 있는지 오늘도
반성할 뿐이다

　글을 밥 삼아 쓰고 있는 이른바 전업 작가인 나를 되돌아보
게 하고, 의미심장한 은유나 별 기교가 없는 담담한 시이지만
그래서 더 울림이 큰 것 같다. 자신을 성찰하는 데 무슨 기교가
필요하랴. 할아버지 말씀대로 사는지 고요히 자신을 양심의 거
울에 비춰보면 명명백백해지는 것이다. 그래서 나는 정호승 시
인에게 「어느 시인의 밥값」이란 시를 보자마자 휴대폰 문자로
보여주고 통화한 적이 있다. 정호승 형은 겸손하게 부끄러워했
지만 인품의 향기가 났다. 불심으로 자기 내면을 닦는 시도 눈
속으로 들어와 마음에 잔잔한 파문을 남긴다. 「겨울 산사에서」

란 시가 그것이다.

> 겨울나무 끝 울리는
> 깊은 산사의 범종소리
> 깊은 시름 출렁이는
> 물결이 됩니다
>
> 지난 가을
> 탱자나무 울타리처럼
> 더 이상 다가설 수 없는
> 당신의 거리
> 가슴에 가시 하나
> 심어 놓았습니다
>
> 오늘 당신이 울리는 손길로
> 탱자나무 가시 하나 뽑아
> 잔설로 남은
> 당신의 산 넘습니다

여기서 '가시'라는 것은 넓게 보자면 '자비'와 거리가 먼 '미움' '어리석음' '망상' 같은 카르마일 터. 그 가시가 출렁이는 각성(覺醒)의 물결로 변한 범종소리에 뽑힌다는 절창에 고개가 끄덕여진다. 부처를 우러르고 있기에 삶의 한 고비 같은 잔설로 남은 산자락 하나 넘을 수 있지 않을까. 또 한 편「불일암」을 더 보자.

빠삐용 빈 의자를 달랑 남겨 놓고
머나먼 길 떠나신 큰스님 계신 곳
아무 때나 부를 수 있는 사람과 함께
오늘도 무소유 오솔길 오른다

'인생을 낭비한 죄' 짓지 마라
조용히 들려오는 임의 말씀
만나러 가는 길 어찌하면
그 말씀 다시 한 번 들을 수 있을까?

　법정스님은 나에게 법명을 내리시고 가르침을 주신 스승이
시기도 하다. 또한 불일암은 나의 영혼이 거듭 태어난 고향이
다. 그래서인지 불일암이란 단어만 보아도 눈에 낀 비늘이 떨
어진다. 손에 차는 단주(丹朱) 같은 소품이지만 '작은 것이 아름
답다'라는 에른스튼 슈마허의 말을 상기시켜주는 시이다.

　나는 일찍이 보성 차(茶)에는 세 가지 정신이 있다고 주장한
적이 있는데, 지금도 마찬가지다. 다서일여(茶書一如), 다화일
여(茶畵一如), 다선일여(茶禪一如)가 그것이다. 다서일여의 정신
세계를 보여준 분은 일봉(一峰) 이교문 한말 의병장이다. 이남
섭 시인은 일봉의 후손인데, 일봉의 다시(茶詩) 전통을 잇고 있
다는 점이 예사롭지 않다. 이남섭 시인의 「차 마시는 시간」은
일봉이 남긴 「철다(啜茶, 차를 마시다)」의 메아리 같은 느낌이다.

봄차를 끓이는 날이면
초록도 운무를 타고
내 곁에 내려와 차(茶)를 우려낸다

한 가닥 여유로 피어오르는
그윽한 찻잔의 향기
색과 맛 언제나 새롭기만 하네

고요해라, 차(茶) 마시는 시간
지나가는 바람도 줄을 서서
잠시 세상의 근심 씻어 준다

　가족에 대한 사랑과 연민의 시로는 「아내의 시집(詩集)」이 가장 먼저 눈에 띈다. 어쩌면 이 시집 전체를 관통하는 이남섭 시인의 마음이 가장 잘 드러난 시가 아닐까 싶다. 가난한 아내의 가슴속 말을 시로 들을 줄 아는 사람이 바로 진정한 시인이 아닐까. 「아내의 시집(詩集)」은 아내에게 바치는 헌시(獻詩)인데, 작위적이 않으므로 조금도 불편하거나 어색하지 않다. 가난한 부부의 삶에서 비롯된 무위(無爲)의 시라는 생각이 들고, 진솔하고 정녕한 언어를 만나 스스로 빛나는 시가 된 것 같다.

　아내는 35권의 시집이 있다.
　가난한 공무원인 나를 만난 후 쓴 시(詩)다
　제목은 가계부

출판사는 주부생활이다

한 해를 마무리할 때면
어김없이 출간된 시집이지만
한 번도 읽은 적이 없다
그런 나를 아내는 너그러이 용서했다

아내의 시집(詩集)이 늘어날 때마다
나와 네 명의 딸들은
하나씩 꿈을 이루어갔다.
아내의 시집(詩集)은 도깨비 방망이가 아닐까

아내의 회갑 날이다.
나는 그 시집 한 권 훔쳐본다
"잘 해낼 수 있을 거야, 찌끔만 참자"
세상에 가장 아름다운 시(詩)다

또, 이남섭 시인의 시들 중에서 빼놓을 수 없는 것이 있다면 외국여행을 하면서 쓴 시이다. 단순한 여행기 같은 흥취를 읊조리는 시가 아니라 낯선 곳을 징검다리 삼아 깨달음에 다가서려는 시이다. '인생이란 결코 멈추어서는 안 되는 여행이다'라고 말한 헤르만 헤세는 최하의 여행은 그냥 관광하는 것이고 최상의 여행은 새롭게 눈을 뜨는 것이라는 요지의 글을 남긴바 있다. 「쿠리 사막의 추억」, 「라다크 가는 길」, 「판공초에서」, 「아잔타 석굴사원」, 「사랑의 문」 등이 그것인데, 여기서는 「헤미스 곰파에서」를 다시 읽어본다.

인더스 강변 협곡
젊은 예수와 환생한 린포체
서로 만나 향 한 자루 태우며
중생을 구했다는 헤미스 곰파
숨어 있는 전설을 본다

목말라 떠난 인도 라다크 순례길
부활한 공룡들이 히말라야 산맥
하늘 위로 기어오르는 시간
함부로 인더스 강물 퍼오지 마라!
이제 겨우 반딧불 하나 찾았을 뿐이다

'반딧불'이란 시인 나름의 찰나적인 깨달음일 터. 위에서 언급한 헤르만 헤세의 말이 적확하다는 것을 새삼 확인해본다. 더욱이 나와 함께 한 여행길이어서 더 실감난다. '곰파'란 사원이란 그곳의 말이다. 위의 시에서 말하듯 실제로 예수가 청년시절에 헤미스 곰파까지 와서 수행했다는 구전이 전해지고 있었다. 달라이라마의 라다크 여름수도장인 곰파 2층에도 예수가 인도로 건너와서 수행하는 그림이 탱화로 걸려 있었는데, 나와 이 시인, 동행했던 일행이 그곳을 찾아가 함께 보았던 것이다.

끝으로 이남섭 시인의 조상을 흠모하는, 물을 마실 때 근원을 생각한다는 음수사원(飲水思源)의 유가적인 풍의 시를 이야기하지 않을 수 없다. 「정안사에서」, 「덕산정사」, 「할아버지 사랑방」 등이 그렇다.

이남섭 시인의 시들을 하나로 묶을 수 있는 말이 있다면 무엇일까? 무엇보다 시인의 곡진한 인생이 그의 시를 오롯이 관통하고 있다는 느낌이 든다. 시인이 보여주는 시들의 그물코가 있다면 바로 시인의 정성스러운 삶이라는 생각이 드는 것이다. 그의 시를 읽다 보면 가을날 들녘의 익어가는 벼 향기가 나는 듯하다. 젊은 시인의 풋풋한 시와 결이 다른 가을날 들녘의 벼 향기 같은 인생의 짙은 그림자처럼 숙연한 아름다움이 느껴지는 것이다.

그러고 보니 내가 생각하는 시인이란, 시란 무엇일까? 하는 물음이 든다. 시인이란 우리 눈앞에서 시시각각 변하는 대상의 본질을 명징하게 축약해서 드러내는 사람이 아닐까. 자연이건 인간이건 삶이건 간에 통찰의 함축언어를 시라고 하지 않을까. 따라서 최대공약수적인 통찰과 최소공배수적인 함축언어가 씨줄과 날줄로 엮어질 때에 이남섭 시인의 여러 편의 시에서 보듯 우리는 그 시를 공감하게 되고, 영혼의 정화(淨化)를 체험하고, 눈 속의 눈이 열리는 계기가 되지 않을까 싶다.